KB140055

【仁情】

人 + 天 + 地
心 + 青

인 정

복합상징시집

방산옥 지음

人+天+地
心+青

【仁情】

인정

서두말

仁(인)　　+　　情(정)

人 + 天 + 地　　心 + 青

을 쓰면서

나는 어디에서 왔을가?

우주의 선조 태조는 2억년전 암흑속에서 심한 고독으로 참을 길 없어 분렬을 시도하여 순간적인 대폭팔을 하였다. 우주의 폭팔은 음양쌍둥이 그중에서도 보기가 흔하지 않은 원양쌍둥이를 낳아 짝찟기를 시작하였다. 이것이 음, 양 산생이고 최초 우리의 엄마 아빠였고 이로부터 우주는 영원한 자유 행복을 찾게되였으며 무한대로 번식 발전 할 수 있었다. 하늘에서는 천간10형제를 지구에서는 지지 12형제를 낳아 서로가 짝찟기를 시작하였다. 하늘 땅의 음양 결합은 인간을 탄생시켰고 공동한 선조에게서 뒤를 이어 탄생된 그들은 정으로 마음과 심장이이어져 모두가 인정스럽고 모두가 젊게 오늘까지 푸르청청 할 수 있다.

장래2억년도

그후장래 장래의장래2억년도......

한마디로 인정은 우주의 영원한 청춘 영원한 생육의 계속이다.

우주의 공동한 선조를 위해 효도를 다합시다.

모든 인정을 다 베풀풉시다

이책에서 공동히 답안을 찾읍시다

편자: 방산옥

2019년 8월 1일

의료사업 50주년을 기념하여

생식건강과 시문학 접목이 낳은 향기

연변조선족자치주조선족아동문학학회 회장 김현순

낯선 자극이 흥분을 불러일으킨다. 인간이란 어찌 보면 새로운 자극을 위하여 부단히 삶을 가꾸고 창조해나가는 것이 아닌가 싶다.

방산옥의 시집 ≪仁+情≫은 이제 우리의 삶에 어떤 낯선 자극으로 흥분점을 불러일으키는지 한번 살펴볼 가치를 진맥해보기로 한다.

자고로 인간은 성행위에 대하여 은폐시키고 입에 올리기 꺼려 해왔다. 하지만 성행위는 단지 즐거움 빼고도 세상 만물 창조의 근원이며 우주섭리의 근본이기도 하다. 태초의 세상은 혼돈이 음양으로 갈리고 수없는 교접의 극치속에 오행을 산출하며 12지지의 률(律)을 타고 륙십갑자의 륜회로 거듭나게 되었다.

음과 양의 교접은 곧바로 성행위를 뜻한다. 때문에 성은 아름답고 신성하며 위대하기까지 한것이라고 력점 찍지 않을수 없다. 서양과는 달리 동양문화권내에서는 성에 대하여 극력 회피하는 가면구를 쓰고있는데 글로벌시대에 진입한 오늘날 그 가면구 뒤켠에 있는 아름다움을 스

스럼없이 꺼내 진렬해놓고 흔상할 때도 된 것 같다.

그 선두에 서서 시문학을 통한 성(性)의 아름다움과 위대함을 읊조린 사람이 바로 방산옥시인이 아닌가 싶다.

방산옥의 시세계르 둘러보면 생식건강지식을 복합상징으로 펼쳐보였다는 점이 한눈에 확연히 드러나는 것이 특색임을 우리는 어렵지 않게 보아낼수 있다.

여기서 복합상징에 대하여 짚고 넘어갈 필요가 있다.

복합상징이란 말 그대로 단순상징이 아닌 복합으로 구성되여있는 것을 말한다. 사상감정을 직설이 아니라 상징으로 보여주는 것은 인간의 지혜이며 슬기이다. 가령 "나는 너를 좋아한다"라는 원초적인 표현을 "당신 손은 참말로 부드럽구만"라는 식으로 표현했다면 그것은 상징으로 된다.

한수의 시에서는 하나의 상관물을 틀어쥐고 전개하면서 그 상관물을 통한 자신의 내심을 보여준다면 그것은 단순상징시로 된다. 하지만 여러개의 상관물을 동원하여 그 상관물들 사이의 내재적 련관성에 의하여 하나의 정체를 이룩하면서 화자의 내심활동을 보여준다면 그것은 복합상징시로 되는 것이다.

복합상징시는 화자의 령혼이 떠올리는 환각의 흐름속에서 무의식적인 상관물을 틀어쥐고 그것들의 합리적인 련관성을 찾아내여 예술로 부상시킨다음 세상에 펼쳐보이는 것이 기본핵심고리이다.

련관성을 찾아내여 예술로 부상시키려면 어떻게 해야

하는가. 상관물에 대한 굴절내지 변형을 거쳐야 한다. 그런 다음 그것을 다시 능동적 가시화로 펼쳐보인다. 능동적 가시화의 실천은 기존의 상식과 률(律)을 벗어났지만 세상의 공감대를 자연스럽게 울려야만이 그 가능성이 이룩되는 것이다.

인간이란 육안으로 보이는 현실세계에 너무 마비되어 있는것인지도 모른다. 하지만 심성을 떠난 령혼의 세계는 아무 거리낌없이 자유분방의 양상(樣相)을 드러나보이기에 주저하지 않는다. 그것이 어찌 보면 인간의 원초적 욕망이고 갈구일지도 모른다. 하기에 불교에서의 아수라는 삼두육비(三頭六臂)의 형상으로 그려져있고 UFO를 타고 지구에 왕림하는 과학환상드라마속 우주인들은 지구의 인간이 소유하지 못하는 초능력의 소유자로서 눈이 일곱 개일수도 있고 코구멍이 다섯 개일수도 있는 것을 묘사되고있는 것이 아닐가.

문학이란 현실세계 그대로를 스크랩하는 것이 아니라 현실세계 건너켠에 있는 가상세계에서 에너지를 찾아 현실세계를 재조명, 재창조하는것이라고 필자는 가름지어 본다.

방산옥시인의 시세계에서는 이런 인간의 욕망과 갈구가 생식건강지식이라는 무기를 통하여 상징으로 과감히 펼쳐보이고 있는 것이다.

　　선녀와 신선의 놀이터
　　용궁입구에서는

안개가 쏟아지고

울울 창창한 밀림 계곡에서는
새(陰蒂,음핵)가 지저귀고
감로수가 찰랑찰랑 흐른다

대전성선(前庭大腺)에 놓인
쟁반에서는
구슬들의 주문 읊는 소리에
두견화가 웃음 짓는다

둥근 기둥위에 놓은
분수대
장대비 그칠줄 모르고

음렬에 자리잡은
삼면육비(三头六臂)는
금강저(金剛杵)를 든 명왕을 노린다

—"새가 지저귄다" 전문

　이 시에서는 운우지정을 나누는 두 남녀의 락(樂)의 극
치를 읊조리고 있다. 속살 섞을 때의 인간은 신분과 계급
과 정치와 무관하고 다만 선남, 선녀만 존재할 뿐이다. 선
녀와 신선의 놀이터는 바로 용궁입구 즉 암, 수 생식기의
교접을 이루는 곳이며 그곳엔 안개비가 쏟아진다고 먼저

그 환경을 그려주고 있다. 여성의 생식기의 구조를 "울울 창창한 밀림 계곡에서는/ 새(陰蒂,음핵)가 지저귀고/ 감로수가 찰랑찰랑 흐른다"라고 아름답게 표현하고있으며 당시의 정경과 정서를 "대전성선(前庭大腺)에 놓인/ 쟁반에서는/ 구슬들의 주문 읊는 소리에/ 두견화가 웃음 짓는다"라고 상징으로 펼쳐보이고 있다. 시에서는 또 남성의 성수난 행위를 "둥근 기둥위에 놓은/ 분수대/ 장대비 그칠줄 모르고"라고 비유하면서 그 즐거움의 락취를 높이 끌어올리고 있다. 시는 마지막에 가서 인간의 욕망이 가지는 거대하면서도 황홀한 꿈을 "음렬에 자리잡은/ 삼면육비(三头六臂)는/ 금강저(金剛杵)를 든 명왕을 노린다"라는 환각으로 펼쳐보인다.

절단기가 지구층을 절단한다
한 벌 한 벌 검은 철판 벗겨낸다
밝은 달님, 붉은 사과 싸리꽃향기 쏟아진다…

대포구에서 굶은 승냥이들이
시퍼런 불길을 날름거린다

땡그랑 땡그랑 악, 악, 소리
검들이 부딪친다, 부러진다

빼빼 마른 나무에 딱따구리 수혈한다
파란 나무는 다시 파란 리봉 맨다

두더지 굴토기가 푸른 언덕을 핧는다
말랐던 언덕밑 도랑에서 물이 흐른다

아가씨 젖냄새, 손냄새, 향수냄새
총각무우들을 살찌운다

정막이 내린다, 맛 향기들은 조용히 잠들고
비벼대는 소리, 핧는 소리만 들릴뿐

— "함께라면"전문

  이 시에서는 착상의 대가 굵은 것이 이색적이다. 시에서는 "절단기가 지구층을 절단"하며 "대포구에서... 검들이 부딪치고 부러진다". 얼마나 웅장한 사유가 흘러가고 있는가. 한수의 시에서는 잔잔한 내물과 풀꽃들의 속삭임도 다를수 있지만 우주, 지구, 달과 같은 천체의 움직임도 다를수 있다. 일찍 모택동은 시에서 황하, 장강, 곤륜을 손에 움켜쥐고 북극의 풍광(風光)을 읊조렸으며 진시황, 칭키스칸 등 력사의 거물들도 자유자재로 다루었다.

  방산옥의 이 시에서는 그런 시적기질과 넓은 아량과 품이 엿보이고있어 내내 즐겁다.

  그럼 이제 이 시에 대한 구체적 해부를 진행해보자.

  인간은 오랜 세월을 자신의 마음을 타자에게 쉽사리 드러내보이지 않으려고 애써왔다. 그것이 관습이 되어 인간들 사이에는 보이지 않는 각질이 두터워져 나중에는 인정

세태가 삭막할 지경에 이른다. 하지만 그 각질속에는 누구에게라 할것없이 뜨거운 피와 심장과 사랑과 향기가 깃들어있다. 화자는 바로 이러한 현실세계에 회의를 느끼고 대담히 "절단기가 지구층을 절단"하고 "한 벌 한 벌 검은 철판 벗겨내는"상상을 펼쳐나간다. 각질이 벗겨나간 인간 심층에서 "밝은 달님, 붉은 사과 싸리꽃향기 쏟아진다..." 이것은 인간 본연의 참모습이며 누구나 지향하는 리상향이 아니던가. 시인은 이러한 화폭을 오래동안 굶주리고 참아왔던 인간심성의 발로인 남녀의 성행위를 통한 정사로 끌어올린 것이다. 참으로 담대한 상상속에 화자의 념원이 녹아흐르는 멋진 구도가 아닐수 없다.

사랑으로 고갈된 인간심성이 다시 찾은 사랑의 목소리를 "빼빼 마른 나무에 딱따구리 수혈"하면 "파란 나무는 다시 파란 리봉 맨다"라고 상징하였으며 풍요로운 마음의 즐거운 세계를 "두더지 굴토기가 푸른 언덕을 핥는다/ 말랐던 언덕밑 도랑에서 물이 흐른다// 아가씨 젖냄새, 손냄새, 향수냄새/ 총각무우들을 살찌운다"락고 형상적으로 그려보이고 있다.

시는 마지막련에 가서 사랑과 평화와 화합의 조화는 장막 내린 저녁의 조용히 잠든 맛과 향기와 같은 것으로 비유하면서 오직 가슴과 가슴들이 서로 문을 열고 진실을 주고 받을 때라만이 세상은 극락의 천당을 영위할수 있다는 것을 "비벼대는 소리, 핥는 소리만 들릴뿐"라는 성감적인 표현으로 제시해주고 있다.

방산옥시인은 자신(自身)의 시세계에 주역을 도입하여 생식건강지식을 더 한층 꽃피워 복합상징으로 펼쳐보이고 있다. 주역은 중화민족의 고유한 깊은 학문의 정수(精髓)이다. 인간 삶의 정체를 주역으로 풀이하면서 성적교접을 복합상징으로 펼쳐보이는데도 시인은 장끼표현을 아낌없이 드러내고 있다.

12개 밝은 달로 경락고속도로 부설하고
24개 절기로 척추기둥을 세웠다.
365개 태양은 경락에 심은 혈위

그의 이름은 삼인모(海)—바다라 부른다.
엄마의 아가 고고성을 울린다.

태극 노래 부르는 두 귀 테넬
우주의 음양을 실어 나르는 두코 테넬
천하만상을 8괘로 저장하는 두눈 테넬
5행을 혀에 심어 황금을 낳는 입 테넬

얼굴산은 칠성별로 만들어진 테넬

어머니는 피 3방울로
45억의 우주아가 낳고......
바다를 만들다니

— "어머니 이름은 바다"전문

이 시에서는 세상구성의 리치를 주역의 해법에 따라 12 개 달, 24개 절기, 365개 태양(365일)의 발동(發動)에 의 하여 이룩된 것으로 해부하면서 그러한 세상을 잉태하고 산출하는 것은 바로 삼인모(海)—바다라고 구가하고 있 다. 태극, 우주의 음양, 팔괘의 조화와 오행의 법칙, 칠성 별의 방위에 따라 귀, 코, 눈, 입, 얼굴이 형성되며 나중에 는 지구라는 아기의 탄생과 너그러운 심성을 가진 바다의 탄생까지 읊조리고 있다.

그러고 보면 세상의 존재란 그저 터무없는 것이라곤 하 나도 없다. 모두가 미지의 법칙과 도에 따라 조리와 조화 를 이루고있는 것이다. 이러한 것을 시인은 주역과의 접 목으로 풀이하고있는 것이다.

위에서도 말했듯이 자극은 흥분을 불러일으킨다. 낯선 자극일 경우 그 흥분의 력도는 더구나 강렬해질 수밖에 없다.

방산옥시인은 낯선 자극을 위하여 사람들이 꺼려하는 성행위를 대담하게 다루면서 상관물의 변형을 통한 시어 의 새로운 상징의 조합을 서슴치 않는다.

이른바 상징이란 원뜻을 직접 말하기 저어하여 고의적 으로 에둘러 말하거나 암어(暗語), 또는 은어(隱語)들로 다 르게 표현하는 것을 말한다. 그러므로 상징은 당연 애매성 과 모호성을 갖게 된다. 이것은 상징의 본질적특성이다.

이러한 상징은 상관물의 변형을 통해야만 이룩되는바 변형이란 단순 시어의 변형, 이미지의 변형, 이미지군(群)

─이미지덩어리의 변형으로 나뉘는데 그 구체 사례를 방산옥시인의 시에서 살펴보기로 한다.

　　잔잔한 파도 손이
　　바다질에서 나오는
　　아침 해 머리를 받아 올린다

　　바다자궁이 수축하며 붉은 피가 흐르고
　　바람은 태판피로 동녘 하늘 염색하는구나

　　구름비행기는 태양 실어
　　서쪽 산봉우리에 내려 놓는다

　　10시간도 안되는 태양의 운명
　　산마루에 구울며 피를 토하는구나

　　하루살이는 산봉우리 정자에서
　　24시간 회억하며 웃으며 사라진다

　　석양이 아름다워 뭘해
　　1분?　5분?

　　70세 석양은 여전히 푸르청청
　　천년송과 장수를 비기건만

　　── "석양은 푸르청청"전문

이 시에서는 생명체의 탄생과 그 거룩함을 읊조린것이라고 볼수 있다. 인간도 하나의 생명체지만 인생 자체도 하나의 생명체이다. 화자는 생명체의 한생을 아침해가 솟아올라 일락하는 과정의 정경을 그려내고있는바 생명체의 탄생을 위하여 로심초사하는 바다질, 바다자궁, 바람, 구름비행기, 서쪽 산봉우리, 하루살이를 동원하여 펼쳐보이고 있으며 나중에는 70세의 삶을 살아온 자신의 기개와 삶의 희열도 살짝 엿보이고 있다.

첫련에서는 생명체의 탄생의 성스러움을 "잔잔한 파도손이/ 바다질에서 나오는/ 아침 해 머리를 받아 올리는" 형상으로 변형시켜 보여주고있으며 두 번째 련에서는 생명체를 산출하는 간고함을 "바다자궁이 수축하며 붉은 피가 흐르고/ 바람은 태판피로 동녘 하늘 염색하는"것으로 보여주었다.

세 번째 련에서는 생의 총로정을 "구름비행기는 태양 실어/ 서쪽 산봉우리에 내려 놓는다"는 표현으로 동화적인 색채로 재미를 보여주었으며 네번째 련에서는 생의 고달픔을 "□시간도 안되는 태양의 운명/ 산마루에 구울며 피를 토하는구나"라고 감명깊게 보여주었다.

다섯 번째 련에서는 짧디 짧은 생의 마감을 하루살이가 장엄한 회억의 미소를 날리는 것으로 쿨하게 보여주면서 코마루가 찡해나게 한다.

여섯 번째, 일곱 번째 련에서는 인생의 황혼을 즐기는 화자의 락천적 자세를 진솔하게 펼쳐보이면서 작품의 높이를 끌어올리고 있다.

한마디로 상징들의 복합적결구로 시의 세계를 열어가면서 생식건강으로 통하는 우주 삼라만상의 률칙(律則)을 주역의 리치와 결부하면서 낯선 자극을 펼쳐보이는 방산옥의 시세계는 새로운 감동을 불러일으키기에 너무나도 충분하다.

비록 아직 일부 작품들에서 변형을 거치지 않은 상징의 직설의 흠집이 보이기는 하지만 이러한것도 새로운 차원에로의 향상을 위한 시인의 독자적개성이 아닐가도 생각을 가져본다.

리얼리즘의 계열의 시와는 달리 온통 상징으로 도배되여있고 또한 성(性)을 통한 생식건강의 위대함이 시문학으로 거듭나게 하는데 기초작업을 실행했다는 점에서 방산옥의 시집 ≪仁+情≫은 괄목할만한 사료적가치를 소지할수 있겠다는 나름대로의 인식을 가지고 크게 엄지손가락을 뽑아 칭찬을 아끼지 않는 바이다.

방산옥시인의 금후 시창작에 더욱 알찬 열매들이 주렁지기를 기대해본다.

2019년 6월 26일
연길에서

목록

제2편 인(仁)

제1편

정과 유희
(情和游戏)

◆ ◆ ◆

제1장

옥방비밀

1. 련꽃소녀

참대 밀림속에서
락엽을 덮고 자던 다람쥐
참대남근 안마에
얼굴에서백합이 피여나고

살림의 묘향에
산의 숨결은 거칠어지고
구름 골짜기에서는
연기가 파도치는데

캄캄한 동굴로
바람타고 찾아온 안개
꿀맛에 모욕하고
등불을 켜주는구나 동굴심장에

2. 혀(1)

입에서 불길이 타오른다
만년바위 물 방울 되여 흐르고
침상은 향기음률 바꾸는구나

정자는 란자의 드레스베끼고
원시산림은 바다 구경떠난다

황궁에서는 벽화들이
칼춤놀이 한창이고
홍문에서는 금 한줌 선사한다

가을도 안 되였는데
푸른나무 얼굴들의 입술에는
붉은색 립스틱이 발리워진다

3. 혀(2)

공룡이 문을 연다
태조의 큰대문입을
우주가 성나 고함친다

혀는 고함소리 담고
천둥번개 번쩍이며

구름을 산산히 부시며 돌진한다

구름우에 단검 휘두르며 우뚝선
만년바위 피눈물 줄줄 흘리며
수천만장 협곡에 매장되는구나

벽화들이 깨여난다
침상의 향기음률 바꾸며
칼춤놀이에 사지뼈가 녹아버린다

4. 유두

산봉우리 머리를
쑥떡쑥떡 잘라싣고
유두에서는 유즙이 흐른다

천리 백룡으로
2천리 청룡으로
5천리 황룡으로
7천리 흑룡으로

뇌졸증 앓던 지축이 깨여나며
지각문을 열어준다

붉은 수염 수두룩한
오1)사2)불할아버지 소리친다
자3)수고래 해4)수룡이 소리친다
"나는 천지후손이야!"

---

1) 午 후끈후끈 달아오르는 열기
2) 巳 타오르는 불꽃
3) 子 응고된 종자
4) 亥 태평양물

5. 천마(天麻)(주1)

두날개가 마비된 비행기
꽃구름 가마에서
곤두박질한다
금성이 치마폭을 펼친다

연기에 끌려가던
질식된 바람
바위에 골을 밝고
주룩주룩 혈서를 남기고

멧돼지 정수리 털이
검정철판 얼굴을 반죽하고
12개 고속철로 개통되였다
다시들리는소리--칙칙푹푹
                    쿵덩쿵덩
(주1) 천마란중풍예방중약

6. 군자란

강물의 등에 업히여
별이
촬영을 떠난다

봉황과 짝짓기 하던
참대곰이
봉황꼬리 달린
아가를 낳고

매화의 향기소리에
쪼각달은
감았던눈을 살며시 뜨고
목은 갸웃둥 갸웃둥

잠자던 군자란
스캔너선[1]은
폭우를 퍼붓기 시작하고

바르톨리선[2]은
은구슬을 토하는구나.

---

1) 尿道球腺(男): 남성이 흥분할때 분비되는 액으로 윤활역할을 함.
2) 前庭大腺(女): 녀성이 흥분할때 맑고 끈끈한 점액이 대량으로 분비됨.

7. 하루살이

련꽃호수가 붉게 물든다
아침을 알리는 련꽃이
밤새껏 키운 태낭을 벗어 버린다
바다가 들썽거리고
파도소리가 거칠다

동녘 수평선에서
태양아가의 태줄을 끊는다
치대피가 바다를 물들이며

서쪽 산꼭대기에서는
채혈이 분주하다

죽어가는 석양피
하늘 구름의 붉은 피
산림의 붉은 피...

래일의 태양출생을 위해
산봉우리에서는
수혈 준비에 다망하다.

8. 필(笔)

필이 핸들을 잡았다
유리창 뇌수는 박살나고
북빙양 심장빙설이 녹아내리고
척추새항로가 개통된다

천간은 음양을 낳고
푸른 파도 치는 밀림은
협곡옹달샘을 노래한다

별들이 달과 대화한다
보름달이 밝으면 무엇해
너의 빛도 아닌데
깜빡깜빡 별이의 눈이 말한다

얼굴이 흐려지던 달
쪼각만 남기고
어디에 숨었나
필의 털속에서 헐떡이는 숨소리

9. 여신의 재롱

살살 얼굴을 만지는
선풍기 바람손에
꼭 다물었던 대청문이
사르륵 열린다

곤(坤)은
최고 요충지 입구에서
푸짐한 앞산 자랑하고

큰 언덕은
우마여신이 분탑문을 열고
옥경 영접에 나선다

쾌기를 한몸에 지닌
파르바티 여신의 얼굴에
련꽃이 피여난다

질 터널에서 기다리던
두르가 여신은
용과의 싸움에서 맹장이 되고

칼리 여신이
녀왕궁전에서 폭발하는
우주에네르기

대지가 진동하고
룡은 껍질만 남았어도...

응아 소리 안고
히죽히죽
궁전으로향한다.

주: 전설에 우마여신은 대음순 소음순에
위치하고 파르바티여신은 음핵에 머물고
두르가여신은 질에서
칼리여신은 남근의 머리통과 부딛쳐
섹스에네르기를 폭발시키는
실험장-자궁에 있다.

10. 남신 7형제

송이버섯이 바레무를 추며
달을 따다 머리에 얹는다

토성신은 구름속에서
보물천당을 파내고

목성신, 화성신은 연화에서
줄지어 내리는
곤들을 영접한다

옥좌에 앉은 태양신은
지구엉덩이 밭에
태양씨 심고

머리통 수성신은
별들을 등에 태우고
계곡 샘에 내려 미역을 감는다

산봉우리 정자에서
바둑을 두던 상좌원신이
천송이 련꽃을 따다가
보름달에게 선사하며

환희의 대락을 만킥한다.

주:
토성신: 회음부에
목성신,화성신: 연화대에
태양신: 옥좌에
금성신: 귀두와 자라목에
수성신: 귀두머리통에
상좌원신: 귀두끝 뇨도구

11. 새가 지저귄다(1)

선녀와 신선의 노리터인
용궁입구에서는
안개가 쏟아지고
울울창창한 밀림계곡에서는
새(陰蒂, 음핵)가 지저귀고
감로수가 찰랑찰랑 흐른다

대전성선(前庭大腺)에 놓인
쟁반에서는
구슬들이 주문 읊어
두견화를 피운다

둥근 기둥위에 올려놓은
분수대는
장대비 퍼부어
태양을 목욕시키고

음렬에 자리잡은
삼면육비(三头六臂)는

금강저(金剛杵)를 든 명왕을 노린다.

12. 새가 지저귄다(2)

밤하늘 푸른빛 타고
선녀와 신선들이
노리터로 내린다.

밀림계곡
대전성선에서는
옹달샘이 주문을 읊는다

명왕이 금강저 흔든들 무엇하랴
음렬에서는 삼면륙비가
이미공격을 시작한다.

둥근 기둥우에 분수대는
장대비를 퍼붓고
비맞은 별들은 조용히 잠든다.

13. 명당을 찾아

건(乾)이 하사한다
분수를 안장한 한쌍의 케익을
하늘이 두쪽으로 가른다

대우주 교합에네지가
섹스영양식품을 실어내린다

싸락옥들이 평지를 덮고
금파도는 달을 삼키고

금붕어는 별을 잡아
심장에 간직하고

푸른 산림은 남쪽에 자리 잡고
언덕 아래에 8개기둥1)을 세운다
금강지 안개가 내려와
보물의 전당을 차리고
황제는 그 곳에서 정사를 본다

---

1) 8개기둥:
두개의 대음순
두개의 소음순
음핵과 그 포피
질, 처녀막

14. 꽃봉오리[1]

붉은 련꽃잎위에
3자대진언[2]이 펼쳐진다

두 봉오리 꽃속살들이
서로 비벼대면
활짝 웃음지으며
원앙새가 날아 나오고

계곡을 만든 두 언덕
시선을 주고 받으면
둘만의 언어가 만들어지고
언어들은 샘이 되여 흐른다

붉은 피는 구름을 태워
정자의 동그란 입구를 만들고

해살 가위날이 우주의 머리 깎아
별들을 만든다

천지는 2억년 교합으로
푸르청청하고

꽃봉오리는 낚시코에 걸려
무지개 된다.

---

1) 꽃봉오리: 처녀막
2) 3자대진언: 남녀의 육체 밀어 애정을 일치하게 한다는 의미.

15. 해

궁전(자궁)은 달을 품고
테넬(질)은 해를 삼키고
얼지 않은 호수의 중심부 가장자리
"방구멍(처녀막)"은 수레바퀴살 만들고
붉은등 켜고 우주대문 지킨다

산은 자장가 불러
해를 잠재우고
아침 이슬 태워 시집보낸다.

16. 빠짝

거친 호흡소리에
하늘 고막이 찢긴다

노한 불길이 반짝
1초?
5초?
작은 언덕사이에서 들리는 가는 소리

화살이 날아오르더니
폭우가 쏟아진다
게 손아귀에 쥐여있는 미꾸라지
점액에 미끌어
10초?
15초?

성안을 점령한 용사가
성문을 걸어 잠그고
5초의 휴식을 즐긴다
빠짝!

산봉우리로부터 쏟아지는
우주의 세찬 에네르기
지구지실에 담는다

100분?
500분?
즐겨도 즐겨도 끝이없이
빠짝빠짝...

17. 구름우의 붉은등

누에 벌레가 누에실을 토하며
물과 불을 꽁꽁 묶는다

아가미를 짝 벌린 물고기
뿔세운 불기린을 삼키고
룡의 등에 올라
구름우에 붉은등을 단다

다이야몬드 심장을
이식한 한쌍의 제비
원앙새 둥지속에 들어가
교미 훈련을 받는다.

18. 불의 외교

동굴에서 두 나비는
커다란 소나무가지로
천정향해 구멍 뚫고
오리는 공중제비를 한다

천지를 달리는 준마는 다리에
검정곰의 발굽을 안장하고
돌로 쌓은 죽대곁을 뛰여넘으려다
대나무가 되여 물구나무선다

두마리 난새1)가
봉황새 안고 교제무 추며
칠성별따라 떠난다

욕심 많은 갈매기
구름그네 타고 달에 내린다
토끼에게 청혼 하느라고.

---

1) 상채로운 상상의 새

19. 물과 불의 짝짓기

매미가 길다란 혀를 날름거리며
나무를 붙잡고 꼬리를 쳐든
호랑이 궁둥이를 핥는다

염소는 목을 길게 빼들고
싸움닭은 뿔을 곧추 세우고
태풍을 몰아 오지만
이미 두다리 사이에서는
유즙도랑물이 흐른다

고양이가 단사(丹沙)로 붉게 단장한
쥐를 노려본다
봉황이 춤추며 나래를 펼치고
속살에 반한 고양이 쥐를 놓친다

봄철 노새는 피투성이고
가을철 개는 연장을 목에 감았다

검은 바위뒤 나무에
매달렸던 원숭이
바위에 누운 갈매기 향기에
전신 털이 흠뻑 젖는다.

20. 승부없는 씨름

구렁이옥경1)
진주조개 옥리2)에 깊숙이 빠져
음구3)에서 훈련받고
12시를 가르키며 나온다

옹달샘을 쪼개고
머리에는 태양모 쓰고
입에는 옥을 물고

절구공이 절구질 한다.
이미 60분이지났다
담긴것이란 전혀없는 절구공

백학은 유서4)목을
길쭉히 내밀고
구름에 낚시망을 늘인다
구름심장 낚으려

---

1) 玉莖: 음경
2) 玉理: 후음순교련
3) 金沟: 전음순교련
4) 俞鼠: 클리스토리스

거북이는 긴 목을
움츠려 감추고
바위돌 밑에서
곤의 허벅다리 베고 잠든다.

◆ ◆ ◆

제2장

새집찾아

21. 밑창 찾아

할머니 치마밑에서
먹이를 찾던 참새
두날개 드리우고 쓰러진다

파도안마 이겨내지 못한 바위
바다 밑 암석에서 미끄럽질한다
등골에 불 끄려고

사막에서 수영하던 구렁이
모래 밑 찾아
찜질의 한때 즐긴다

22. 아래로 천천히

미친 검은 독수리
땀구멍도 질인가
급히 찌르고 천천히 뽑으며

놀란 쥐 구름 질 찾아 날아 오르고
안개 잽싸게 꼬리 저으니
검은바람 쥬스 찰랑찰랑 흐른다

잔에서 돛배가 천천히 차향기싣고
산호찾아 바다밑으로 내린다
향기 교배하려고

23. 비물에 부서져

솔나무 피부가 바르르 떨고
솔송이에서는 유즙이 흐른다
매미의 옥경(玉莖)안마에 간지러워

거북의 세개 합금강 검
옥리 향해 번쩍 날아 든다
비물에 부서져 황토 남기며

봉새가 황새의 동굴을 열었다
별들을 따다 차곡차곡 심는다
심고 심어도 채울수 없는 동굴.

24. 마음의 그늘

수염터덕을 빨며
락산1)에 지친 토끼
물방아에 끌려
물소리가 될줄이야

세찬 파도2)에 긁혀
온몸에서 피가 흐른다
수많은 돛을 달아 주어도
돛에는 찢겨진 룡이 걸려 있을뿐

헝겁막대기3)에 맞아
성난 자(雌)학
웅(雄)학의 근을 뽑아
머리삔을 만들어 꽂은들······

---

1) 流产
2) 早泄
3) 阳痿

25. 생사일려

시간은 모닥불앞에서
잠시나마 빙빙 돌며 잠자리 되였다
나를즐겨줄 친구찾으려고

꽈르릉 해님이 새손님을 영접한다
꽹과리를 2번 두드리며
외마디 높이 읊는다
생사일려 생사일려

문지도리와 돌쩌귀는
≪영원≫을 선포했건만
쇠태는 모기 날개 달고 앵앵…
생사일려 생사일려

태양머리에 안장한 신경세포
1초에 4032억차 운산한다
1초에 1000만부 이메일 발송한다
속도는 쇠태를 부르며

26. 반달 꼬챙이

지렁이가 꿈틀꿈틀

눈은 번쩍 기지개 켜고
메세지 엿듣는다

간질 간질
야릇한 피부 마사지
파란뼈가 자라난다

10000볼트30000볼트의
달 체향에 감전되여

쑥쑥 쑥 꼬챙이
속도를 꿰는가?
아니면 시간을 꿰는가?

27. 생명의 문을 연다

토끼가 서산에서 목탁을 친다
톡탁 톡탁 톡탁...
생체시간 태엽이
소리를 한입 한입 받아 먹고
생명의 문을 연다

안개 이불 쏜미추리
온천에 흘러든다
따뜻한 자갈들과의 피부안마 즐거워

산우의 정자에서 10분, 20분, 30분
애타게 기다리던 석양
래일의 생명문 열려고 바다에 투신한다

28. 음경해면체

둥근 연필 3대
하나의 옷 입은 엄지

강 다리 놓고
씨앗 뿌리고
바람이 살짝 만져준다

낚시대 뽑아 룡궁아씨 낚고
그물을 쳐 천궁아씨 낚고

폭풍에 끌린다
1초에 철기둥이 일어선다

구름 뚫고 밀림을 옮기고
바다에 별씨를 파종하고...

613200시간이다

시계보는 순간에
새350400시간이 시작된다

태양계밖에다 또하나 낳았구나
새 태양계를

29. 검은 장미

솔밭아래 미인송 한그루
어깨를 축 드리우고
땅을 향하다니

시계은
흔들흔들
쉼없이 무엇을 찾고 있나?

돌개바람이
홱 불어오자
지레대는?

하늘 향해 솟아 오른다

먹장구름이 날아온다
검은 장미꽃?
하늘을 뒤덮는가?..

이제야 번개소리 요란하다.

30. 남근

옥필은 한오리 한오리 털에
정을 담뿍 싣고 떠난다...

단청(丹靑)은 서로의
정맛을 맛보며
언덕우에서 금발을 날린다

죽순이 우거진 삼림에서
호랑이 표호하고
날새들이 금방울 은방울 튕기며
계곡의 백옥음률에 용해된다

암석 틈새에 자란
국화꽃 내음
암석타고 하늘 날아오른다

우주의 음양은
봄음률이 되여
마음의 파도를 노젖고

가을 음률은
꿈속에서 심장음률 키워

산으로 오르고
강으로 내리고
올챙이 떼를 태우고...

큰 필은 연기를 뒤집어 썼어도
흥분된 마음
산천을 뿌리 뽑는다

31. 옥경

붓이 풍덩~
미끄럼질하며
깊숙히 협곡에 빠진다

하나 하나 별 질은
한오리 한오리 붓털을
구렁이로 키우고

묵묵히 밭갈이 시작하던 지렁이
이따금 이따금 사랑노래로
휴식의 한때를 즐긴다

노란 빠나나는 입술찝게에 물려
검붉게 부어나 떨고 있어도
입질은 수축을 멈추지않는다

붓깃털들이 반죽을 시작한다
춤으로 만수(萬壽)를 반죽하고
비온뒤 새싹에 불이 타오른다

32. 차잔

발간점막 차잔에서

낚시질이 시작된다

붕어들은 옹달샘 찾아
오르 내림에 흥이나고

록색 다이야몬드는
16각에 8괘를 새기고

산호들은 굳어진 상어위장에서도
헤염치기를 멈추지않는다

해변까지 찾아온 조개들...
혀를 살짝 내밀어도
누구도 키스 받아주지않네

바다 상공에서 빙글빙글 돌던
안개향음은 바위를 품고
파란 꿈 꾸며 달 찾아 떠난다

록차들의 련가 소리에
한가한 봄산 발기되며
근육과 골격을 반죽한다

33. 골(骨)

1, 2, 3... ...206
골들이 줄지어 무대에 오른다

반달.조롱박. 고속렬차
24층 아파트
접시춤.
박아지
마술표현----
8괘가 골들의 연출결과를 발표한다

간(坎)
상수는 6

206골 모두다 한형제
장기표현 성적은=

바람 웃 눈섭은 뱅글뱅글..
날개는 곤의 유두를 살랑살랑 스쳐주고
혀는 병아리 부리를 핥는다
골만이 아닌 골들의 연출은 간지러워

34. 그림자

그림자는 바스락 바스락
달을 업고...
문창가에 내린다

바위틈에서 망보던
솔나무 음률이
심장문을 노크하고

새들은 기도(氣道)에서
죽어가는 령혼을 퍼내며
언어소리를 줏는다

입술이 받아 문 국화꽃
연장에발기 향수를 발라준다

청개구리들은
등과 등을 서로 비비며
새 령혼을 심고

목젖은 유즙에서 쫓겨
검은 그림자로
주린 배를 요기한다.

35. 봄 1

하늘땅이 베려세운
벼랑약속 수놓으며,
새해 첫 장대비가
산 엉덩이에 절구질한다.

응달에 버티고 선
겨울의 멍어리들 사이에서,
연두색 싹 향기들이
얼음을 녹이며 노래부른다.

동굴에서 겨울잠자던
회색강아지 3마리,
기지개에 귀두가 붉어지며,
파란씨앗 뿌린다.

36. 봄 2

민들레 쓰거운 맛 향기 토한다

흙묻은 눈 비비는 노란꽃 잎 얼굴
손으로 가리우고 살짝 웃어 보인다

비장이 신체검사를 한다

진토(辰土)의 5장6부 정상,

호흡은 24차/분,
혈압 120/80mmHg,
맥박 20차/분

돌연히 호흡이 거칠어지고
심장박동이 빨라진다
사지를 펼친다, 경련이 일어난다

생식전문가가 진단한다.
≪발정기가 시작되였다≫
≪생명 모들 지구품속으로 이동하라.≫

수정란이 이동한다,

다시 평온하여지는 지각
≪잉태기≫가 시작되였다.

해님이 사뿐걸음으로 다가온다.
봄옷을 지고,
곤형제에게 새옷 갈아 입힌다.

해빛손이 가려워 난다.
산언덕 새하얀 궁둥이를 만지며
발기되여 염(焱)을 토하는구나.

37. 장수

천궁을 받든 구름우에 앉아
소젖짜는 소녀의 손
해빛링가를 식지에 낀다.

돌바위 옥방찾아
누운 사슴
바위정기를 마이고

바람침대에 누운 청송
비소리에 발기되여
바위북을 두드리고

구름타고 내리는 구름옥경
천리산봉우리 마다에
진주씨를 뿌린다

38. 희열1

잠자는 노루 뿌리
꿈틀꿈틀 꿈꾸고

송두리채 뽑히는 바위입
흐물흐물 미소짓는다

솔나무 옥경들은
새하얀 구름 면화를 포옹하고

바람노래 음률은
옹달샘 대합창을 지휘한다

룡의 코등 타고
토끼옥방에 내리는 뱀
삽시에 껍떼기만 남기고
……

39. 희열2

백합이 미소지으며
파란 귀두 자랑하고
향기음률에 마취된 딸기입술은
은구술을 토한다

살랑살랑 바람의 웃음 소리에
참대곰이 무쩍무쩍 자라나고
바람질은 분홍색 노란색……
벽화를 수놓는다

파도타고 하늘 오른 쪽배
별하나 품에 앉고 동굴로 내린다
거친 숨결소리에
창공의 별 형제들이 춤흘리고……

먹장구름이 뿌리는 방망이에
바다가 뒤번지고 풍랑이 인다
달림의 심장은 콩볶이하고
짝지은 별은 유성되여 흐른다

40. 병아리 부리(1)

밤 음률에 안주하고
바위이끼를 핥으며 잠든 안개
아침입술이 뿌리는 이슬에
속눈섭 맞춘다

솔나무옥경(2)이 파도를 일으키며
하늘을 두쪽으로 가른다
206층빌딩 지붕우에서
24마리 병아리부리들이
틈새를 메운다.

대전성선(3)에서는
두 쪼각달(4)이 두견화를 피우고
목탁의 메아리(5)는
바위를 뚫는다

귀를 재촉하며
소리뒤를 따르던 꿀벌
만취되여
꿀비(6)를 퍼붓고......

바둑두던 상좌원신(7)이

원앙새의 윗입술을 덮어주니

벽옹(8)은 신음하고

돛대는 길을 잃는다

주;1 음제2 음경3 대음순

4 소음순 5 음경 6 정액

7 남성음경계대 8 질벽

◆ ◆ ◆

제3장

바람?유희?

41. 발기된 붓(毛笔)

해빛과 양강 시합하는 미인송
해빛을 삼켜 버리고
가지 가지마다에
해빛페니스를 잉태한다

구름벼개 베고 벼랑에 누운 노루
바람질구경에 신나
두뿔에서 건액이 흐르고
두알에서 태양아가 꿈틀꿈틀

태평양 자궁이 진축을 시작한다
붉은룡이 바다를가르고
거북의 귀두는 하늘을두동강낸다
지지 12형제는 은하수에 오른다

먹돌샘물듬뿍 마이고발기되붓
천간 10형제를 생포하여
60갑자 생신잔치 차린다

42. 공자의 침실

공자의 두쪽 반달 문이 열립니다
원주형방에서는
붉고 푸른 네온등이 번쩍이고......

부어난 병아리부리 달래려고
산림 찾은 공작새
미인송잎 안마에 날개를 펼칩니다

오색진주로 단장한 칠성별
유성 타고 내립니다
협곡 나이트클럽으로

중절모 쓰고 문을 지키는 기린
옹달샘 향기에 질식되여
2억대군 바위에부딘쳐 몰살될줄이야

43. 화강암 벽지

살 섬유를
한오리 한오리 찢어내는
고음 독창소리

서리빛 수술칼든 외과의사
4096개 상어이빨 드러내고
면화꽃들의 목을 자른다

진주알 보물 창고문이 열린다
5000년 모아둔
씨앗이 쏟아져 나온다

천왕이 성큼성큼 걸어나오며
지팡이를 두드리며 호령한다
"정자 랭동창고를 보위하라"

불을 꼭 깨문 성냥갑에서
껑충뛰여 나오는 성냥가지 한살
연 꽁무니에 불을 달아
13억이 록색 처녀지 개간하려
태공으로 떠난다

화강암이 절제된다 1 나미 두께로
개미들은 수염으로 오작교 수놓고
병아리들은 두발GHK로 병아리 부리를 그리고
청룡은 근을 뽑아 비를 뿌린다

44. 仙鶴来

7*7 선녀들이
학의 등 타고 룡가호수에 내린다
염라 대왕의 70돐 파티에
선정된 선물들

잠자던 북극 빙설에서
기름 개고리들의 메아리에
암석이 쭈-욱 잘라지며
공들이 머리굽혀 인사올린다

대왕이 선포한다
≪짝찍기개방하라≫
천간지지 음양을 심는다

26개 산봉우리들
허리굽혀 껄껄 웃음짓고

여우껍질 담요우에서
망을 보던 다람쥐
록차 한잔에 코곤다

45. ≪처녀막≫

뚜껑을 닫는다
고압가마가

쿠쿠는 무지개노래 흥얼거리며
바람타고 여행 떠난다
잠자는고양의 코구멍 질 찾아

아침해살은 솔나무잎들을
여의봉으로 키워
벼랑옥방에 가둔다

공자의 명품 장검이
둥근대문을 활짝연다
다시는 닫혀지지 않게
연꽃 대문을

46. 바람

태백산 정상에서
심장 뽑아 뻥 뚫린 죽대구멍으로
거세한 꿩들이 나온다

기린의 조물주를 의식받은 개미들
미끌어 떨어지는
달을 받는다

동남쪽 산허리 미인송은
새하얀 갑문 열고
살며시 들어간다

강아지 뒤꽁무니에서는
새빨간 장미꽃이
송이송이 피여난다

47. 집체결혼

집체결혼 떠난 매미호 우주비행선
5초만에 화염속에서 분신되였다

꽃먼지 정처없이 날려간다, 바람타고
철렁철렁 젖통 만지고
고물주 주머니 반들반들 팽팽하다

개구리 앙다리 달고
봉황새 수닭관 이고
앵무새 범꼬리 상투 맨다

비집고 밟히고 엎치우고
세탁기가 빙빙 돌아간다
주먹질 발질 수영에 팍~

세탁기가 터진다
집체결혼대오
분만이 시작된다.

48. 함께라면

절단기가 지구층을 절단한다
한벌한벌 검은 철판 벗겨 낸다
밝은 달님, 붉은 사과 싸리꽃 향기 쏟아진다...

대포구에서 굶은 승냥이들이
시퍼런 혀를 날름거린다

땡그랑 땡그랑 악, 악, 소리
검들이 부딪친다, 부러진다

빼빼마른 나무에 딱따구리 수혈하고
파란 나무는 다시 파란 리봉 맨다

두더지 굴토기가 푸른 언덕을 핥는다
말랐던 언덕밑 도랑에서 물이 흐르고

아가씨 젖냄새, 손냄새, 향수냄새
총각무우들을 살찌운다

정막이 내린다, 맛 향기들은 조용히 잠들었는데
비벼대는 소리, 핥는 소리는 웬일?

49. 짝짓기

구름이 하늘공중에서
쎅쓰 장기 표현한다
    번
         쩍

붉은 빛이
순간 쾌락 즐긴다
세상이 부끄러워 외면해도

암닭이 개연장 물고
장거리달리기 시합에 참여했다

베틀북이 쒱쒱 난다,
베틀이 짱짱 때려준다

모진매를 맞는데도 깜짝하지 않는 베틀선
노란 베천 낳는 기쁨에
호흡도 잔잔, 심장박동도 잔잔...

지켜보는 베틀발 간지럽기만하다
앞뒤로 발 움직여 흉내만 내며
깊숙히 질호수 만든다

50. 생식개방

새노란 호박꽃 얼굴
햇빛이 비추어지면
파란 넓은 손으로 얼굴 가리우고
꽃입을 다뭅니다

산호구경 나온 은어공주
민들레 새하얀 속털 날려 보냅니다
청궁왕자 뒤따른 것도 모르고

산, 벌판, 바다를 모셔오고
시인, 의사, 마술사를 모셔오고
바람, 구름, 별도모셔오고......

설계사 개방빌딩 설계합니다
생식개방영업만 하는 빌딩을

붉은 호수물에는
진달래꽃, 목단꽃, 장미꽃만 피웁니다

붉은 호수가 수문을 살짝 엽니다
물고기들이 꽃유두그물에 걸려
팔딱팔딱

51. 붉은별 따는 염(焱)

건은 곤의 가을열매들을 등에지고
우주를 날아오른다
예쁜 고리달린 토성찾아

유성 타고 내리는 붉은별
모래산에서 길잃고빛잃고 신음한다
염이 불을 켜든다

庚戌年 戊寅月 丁巳日
별이 내린다
염공자 꽃가마가
이미 대기하고 있다
붉은별 영접하려

52. 24절기

얼음으로 머리를 장식하고
해빛구경 나섭니다(립춘)

파란 잔디밭우에서
얼음과자 핥던(우수)
자벌레들이 기지개 켭니다(경칩)

밤 경위를 끝마친 별이
해와 낮 경위를 교대합니다(춘분)

비형제들이 밝은 웃음지으며(곡우)
새옷 단장합니다(립하)

백곡은 둥근 배 자랑하며(소만)
흙으로 지은 새집 찾아 떠납니다(망종)

음기는 지구를 독차지하고
양기는 만물과 하직합니다(하지)

냉장고에서 강아지가 코골고(소서)
에어콘노래에 고양이 잠들고(대서)

하늘이 둥둥 높이 뜨고
기러기들은 구름타고 떠나는구나(립추)

뜨거운 바람은 찬물에 모욕하고(처서)
구름은 하얀구술 선사합니다(백로)

꿀벌은 독침을 뽑아 하사하고(추분)
국화꽃은 이슬 마이고 허리굽혀 인사한다(한로)
소는 서리옷 입고(霜降)
바람칼은 나무허리를 쑥떡 자르고(립동)
매밀싹은 얇은 눈 이불 덥고(소설)
매화는 두터운 눈이불 덮었어도(대설)
함박눈에 반죽된 향기를 감출수없구나(동지)
북풍은 배꼽을 매질하고(소한)

얼음은 뼈속에 숨어있던때가
금방이였건만(대한)

오늘은 봄향기 채찍질에
어디로 걸음을 재촉하는지?(립춘)

53. 애인

선인장 꽃향기
잠자는 산영덩이를 스친다

불쑥 솟아 나온 죽순에
치마폭들이 들린다

순간
시간이 우주로케트탄나?
순간
시간이 바위틈새에 숨었나?

필묵천당에서는
가야금 현이 덩실덩실 춤추고

파란화초 얼굴에서는
은구술 반짝반짝 빛난다
금방울 물소리가 찬찬찬 흘러 내린다
소리먹은 대나무질
먹장구름 토한다.

54. 외다리 변강쇠

떡호박을 땄다
호박엄마 젖꼭지에서
구슬눈물이 쭈루룩 흘러 나온다

집안에서 응아 소리 울리자
태양의 빨간 청각, 파란 미각, 투명한 시각
창문뚫고 날아 든다

솔나무 밀림속에서
수억대군이 돌진한다
어둡고 비좁고 습하여도
승리한 장군 외다리는 여전히 변강쇠

파란 조롱박문이 열리자
비둘기들이 박쥐 대가리를 쫒는다
상해죄 지은 비둘기 철창살에 갇히고

미토에 자란 묘목
해물을 마시고 음욕이 자란다

55. 흥분

물뼈들이 벼랑에 부딪쳐
무수한 화폭 그리고
독수리는 수백번 오르가짐에 피만흘릴뿐
파도는 작은배 큰배에
자장가 담아나른다
바다를 잠재우느라고

고압가마가 거부기를 곯는다
새파란 향기 새빨간 맛
거북아가 싣고
김타고 날아 간다

≪고압가마에서 온욕을 잘했다≫고
자랑하며

56. 흡핵

대포구에서 굵은 승냥이들이
시퍼런 불길을 날름거린다

땡그랑 땡그랑 악, 악 소리
검들이 부딪친다, 부러진다

빼빼마른 나무에 딱따구리 수혈한다
나무는 파란 리봉 맨다

두더지 굴토기가 푸른 언덕을 핥는다
시원한 언덕밑 도랑 물을

아가씨 젖냄새, 손냄새, 향수냄새에
총각무우들이 다투어 머리를내민다

정막이 내린다, 냄새는 조용해지고
핥는 소리만 살금살금 들릴뿐.

57. 어머니 이름은 바다

12개 밝은 달로 경락고속도로 부설하고
24개 절기로 척추기둥을 세웠다.
365개 태양은 경락에 심은 혈위

태극 노래 부르는 두 귀테넬
우주의 음양을 실어 나르는 두코테넬
천하만상을 8괘로 저장하는 두눈테넬
5행을 혀에 심어 황금을 낳는 입테넬
얼굴산은 칠성별로 만들어진 테넬

그 이름은 삼인모(海)―바다라 부른다.

바다는 피3방울로
45억의 우주아가 낳고……

58. 금메달

올림픽 고도선수 금메달
돌고래 힘장사가 노린다

매일밤 별아씨와 사랑잠 자다보니
대회가 끝난줄도 모르고

예쁜 아가씨 숙성시켜
새 소리, 나무잎 향기, 흙 냄새
노루연장 세계신기록 창출한다

잠자던 호랑이 코로
협곡에 떨어진 올챙이들이 줄지어 지난다

페(肺) 에서 열린 락하산 운동회로
위 (胃) 에서 열린 수영 운동회로

인삼장 할아버지 아침밥 짓는 하얀김
안개되여 산을 품는다

토끼는 비행기 되여 날아가고
산새는 날개가 무거워 떨어지고.

59. 석양은 푸르청청

잔잔한 파도손이
바다질에서 나오는
아침 해 머리를 받아 올린다

바다자궁이 수축하며 붉은피가 흐르고
바람은 태판피로 동녘하늘 염색하는구나

구름비행기는 태양 실어
서쪽 산봉우리에 내려놓는다

10시간도 안되는 태양의 운명
산마루에 구울며 피를 토하는구나

하루살이는 산봉우리 정자에서
24시간 회억하며 픽 웃으며 사라진다

석양이 아름다워 뭘해
1분? 5분?

70세 석양은 여전히 푸르청청
천년송과 장수를 비기건만

60. 어둠이 깃든다

벼개속에 몸을 감춘다
뇌속에서 따돌림 당한 글자들이
목탄불에도 녹을줄 모르고

침대는 줄곧 진동을 멈추지 않건만
벽에 꽂힌 액좌는 묵묵히 기다리기만 한다

태조가 만든걸작----음양
우주을 지키고 새태양게 건설하는 두부부

갑목이 지구 기둥 대들보로 커가듯

◆ ◆ ◆

제4장

1+1과 108

61. 담배

가치 담배소변에 장애가 왔습니다
붉은 피고름 똑똑 떨어지니
세멘트입 쩍 벌려 가치담배 삼킵니다

페에서 독즙이 흐릅니다
독즙이 바람을 해부합니다
바람날개 자르고
알쪽 도려내고
뇌수를 파 먹습니다

모기들이 앵앵 흡혈을 다닙니다
태양은 에즈병으로 눈빛을 잃고
바위에 부딛쳐 박살납니다
분말들이 우주를 감염시킵니다

니꼬찐이 지하철 타고 친구 사귑니다
생식친구, 신경친구, 혈관친구, 소화도친구...
친구는 많아도 1초친구?
생매장 받을 친구들

62. 화험보고서

빨간 화살에 간장이 피를 토합니다
파란 화살에 신장에 모래가 주입됨니다

수쇠가 심장손을
족쇠가 심장발을
입쇠가 심장입을 채움니다

화살에 비행기 음낭이 찢기고
알쪽이 떨어집니다
낸큼받아 먹은 개
사자와의 사랑씨름에
새 괴물을 잉태합니다.

원진의 침해받은 뱀
개짖는 소리에 쿵덩 쓸어지더니
굴뚝에서 흰뱀이 바람타고 도망갑다

63. 꽃이 수술을 지휘한다

돛단배가 안개이불 쓰고
수평선 향해 떠납니다

매화를 보듬는 림해는
빨간 매화부름에 귀를 귀울이고
파란 향기는
겨울 적막의 비늘을 털어냅니다

강내신 꽃이 컴푸터로
해바라기꽃종물제거
수술을 지휘하고
작은 게가 머리에 혹을 집어냅니다

나무에 기여 올라가
망보는 나팔꽃은
붉은등 켜고
촬영을합니다

64. 필(笔)

필이 핸들을 잡았습니다
유리창 뇌수는 박살나고
북빙양 심장빙설이 녹아내리고
척추새항로가 개통됩니다

천간은 음양을 낳고
푸른 파도 치는 밀림은
협곡옹달샘을 강간합니다

별들이 달과 대화합니다
보름달이 밝으면 무엇해
너의 빛도 아닌데
깜빡깜빡 별의 눈이 말합니다

얼굴이 흐려지던 달
쪼각만 남기고
어디에 숨었나
필의 털속에서 헐떡이는 숨소리

65. 유두

산봉우리 머리를
쑥떡쑥떡 잘라싣고 향행을떠납니다
유두에서 흐르는 유즙은

천리 백룡
2천리 청룡
5천리 황룡
7천리 흑룡살찌우고
뇌졸증앓던 지축은깨여나
지각문을 열어준다

붉은 수염 수두룩한
오1)사2)불할아버지 소리칩니다
자3)수고래 해4)수룡 소리칩니다
"나는 천지후손이야!"

1) 午 후끈후끈 달아오르는 열기
2) 巳 타오르는 불꽃
3) 子 응고된 종자
4) 亥 태평양물

66. 천마(天麻)[1]

두날개가 마비된 비행기
꽃구름 가마에서
곤두박질한다
금성이 치마폭을 펼친다

연기에 끌려가던
질식된 바람
바위 에 골을 밝고
주룩주룩 혈서를 남기고

멧돼지 정수리 털이
검정철판 얼굴을 반죽하고
12개 고속철로 개통되였다
다시들리는소리--칙칙푹푹

　　　　　　쿵덩쿵덩

---

1) 천마: 중풍예방중약

67. 골다공증

화강암 장남이
건의질에서 태여나며
태조의 노래부른다

지축에 갇혀있던   룡비
산봉우리 붉은 바다에서
거친숨 쉬며 허위적 거리고

개미무리 습격으로
꿀을 잃은 검은 벌둥지
회색뼈를 조각한다

206개 련꽃 과일들이
물을 뿜어 무지개를 수놓으며
초겨울을 재촉하는구나

68. 회색강아지 봄꿈

새해 첫 장대비가 세차게
산엉덩이를 두드린다
건곤의 천년약속 수놓으며
창문에서 어른거리던 흙냄새가
빗줄기 잡고 하늘로 오르는 봄날

응달에 버티고 선
겨울의 멍들 틈사이에서
싹들의 향기음률이
차가운 채찍으로 얼음을 박살낸다

버들잎 한장이
보름달에 파름한 노래담아
우물에 부어넣는다

물위에서 자유로히 헤염치던
회색강아지 3마리
꼬리를 한들한들 저으며
버들잎배에 오른다

시간을 염색하는 필은
얼음이불 덮고 계곡을 흐르는
옹달샘 소리를 엿들으며

69. 자궁

외다리마저 잘리운 진균
뼈를 깎아 낸다,
살점들을 오려 낸다.

머리 터져 눈알 빠진 앞못보는 뚱뚱보 포도균
인후를 뽑아 낸다,
폐포들을 가을한다.

세동강난 껑다리 대장균
인어아가씨가 마귀 잡는 그림 그린다.

암모니아 고소한 향기
혀뿌리를 잡아 당긴다.
경찰관 뱀들의 코에 배낭이 걸렸다.
물을 토하고 독약을 뿜는다.
딸기, 포도, 바나나들이 뮤지컬 합창한다.

두 눈 비비며 찾아온 둥근 달
보라색꽃에 반해
덥썩 꺾어 쥔 손 썩어 떨어지고
배는 구멍 뚫리고 쪼각만 남았다.

지구는 빨갛고 파란 우유로 목욕하고
지각이 움쩍움쩍...
주먹질, 발질에 무너진다
삼협의 호수언덕이 무너진다
데굴데굴 굴러 나온다 둥근달님
줄지어 하늘을 오른다

70. 피부(얼굴)

코구멍에다 뻠프를 잦는다
식도가 비장을 업고 망을 본다
참새들이 날아 내린다
천지의 산소 담은 군함업고

기관지관직경은 1/1000mm
경련 일으키는 식도

태극이 산소를 실어온다
강압주사를 놓는다, 송유관으로

바다의 63빌딩은 벼랑을 갈아 먹고
폐포에 나팔꽃이 활짝 피여난다

주무라마봉정상 1앙어장에서는
상어 꼬치 굽기가 한창이다

71. 달향기

고릉거리며 눈을 쑤시는
달향기 부름에
불란서 시정광장 호텔 출임문 지키던
불구나무 하늘을 향한다

계수나무 향기가
곁눈질을 슬쩍하며
신장에 구멍을 뚫으니
녀인얼굴 코방울이 커간다

토끼의 거세를 받은
라이라크 꽃들이
초경을 치른다

닭알껍질속에 숨었던
달향기맛이
검을 휘두르며 나온다

바위를 뚫고
파도동굴에서 다이빙하며
계곡언덕에 무지개 수놓고
… …

72. 취한달림

달콤한 향기에 푹 취한 달님
서산허리에서 안개이불 덮고 뒹다
다보록한 소나무의 음경 끝에는
빨간옥구슬이 조롱조롱 달리고

부드러운 비단바람이
안개에 턱을 고이고
탄식하는 소리에
산봉우리 정자가 무너진다

우르릉 꽈르릉
두 백룡의 싸움에
하늘이 부서져 내린다

은구술 사태에
공작새의 날개가 젖어
서서히 드리운다

73. 질투

갱이가 뾰족히 머리들어
가는 잎 눈 깜박거린다
해빛은 살짝 손을 내밀어 악수청하고

움안에 감자들
머리에 파란 리봉 매고
새하얀 진주 주렁주렁 목에 걸었다

촌마을 앞 우물가
앙상한 수양버들자궁
진통을 시작한다
보송보송 머리가 보인다
토실토실 강아지들이
등 비벼대며 줄지어 나온다
그네 뛰며

고래가 구름우로 오른다
파도가 만든 물방울타고
새로운 바다가족 만들며

파도가 성낸다
높이높이 발 뻗질하여도

제얼굴만 철썩철썩 쳐다 보일뿐
부서진 물방울 눈물되여
주루룩 주루룩 흘러 내린다

천왕의 수염 바르르떨고
두눈이 3자 튀여나온다
구름대군 출마시킨다
대포를 쏘라
전기보검 뽑아 휘두른다
서리빛 번쩍인다
기다리는 아씨들
구름속에 숨어버리고
대군들만 흙탕물에서 허위적거릴뿐.

74. 쪼각달[1]

두 쪼각달[2]이
두견화를 피우고
목탁의 메아리[3]는
바위를 뚫는다

귀를 재촉하며
소리뒤를 따르던
만취된꿀벌 꿀비[4]를 퍼붓고……

바둑두던 상좌원신[5]이
원앙새 웃입술 덮어주니
벽옹[6]은 신음하고
돛대는 길을 잃는데……

---

1) 대음순
2) 소음순
3) 음경
4) 정액
5) 남성음경계대
6) 질벽

75. 1+1

1
구름우에서 태양옷 입은 바위
노루는 바위질에 깊숙히 뿌리 꽂고
쌕 쌕 잠들어 있다

어슬렁 어슬렁 바위밑을 거늘던 호랑이
꼬리 입에서 군침이 줄 줄 흐르면서도
자장가 노래 부른다
"깨우지 말아라
이제 곧 뿌리가 1+1로 자란다
에너지가 철 철 흘러 내릴때면
나도 올림픽 举重冠军이 될텐데

2
태조 자궁이 진축을 시작한다
우주가 파견한 바람 특사들이
구름산파 모시고 질주한다

양수가 터진다
물+불 타고
태조의 첫 아가 - 龙凤胎가 출생한다.

2억년이 지난다
음양부부 낳고 낳고 또 낳고……
1+1 계속된다
우주는 그들로 하여
영원히 푸르청청하구나

3
따스한 봄
차나무들이 우쭐우쭐 발뒤축 든다
머리에서는 새싹이 뾰족 뾰족
파랗게 피여난다
1+1 두잎 리봉 매고
짙은 차향기 풍기며
안개 그물속에 갇혔다
태양 아저씨 향기에 취해
고롱 고롱 코 골며
향기 품에서 잠들었다

+--

76. ≪불씨≫

태양이 꽁꽁 얼어
태양빛도 고드름이 되고
별빛은 추위에 떨고있다.

눈날개로 날던 바람
얼음배에 앉아 노를 저어
삼림을 몰아온다

교향악을 연주하는 세잎 백합이
사막의 모래알 들 포옹하니
파란 속살이 태여난다

9.3M 거룡은
훨훨 타오르는 모닥불로
꺼질줄 모르는 석양을 조각한다

77. 소나무

캄캄한 공중무대
우르릉
먹장구름의 절목소개

붉은빛 반짝
짝짓기 열창하는
구름의 누두
쏟어지는 생명수가 꿈틀거린다.

등 켜고
양물 씨앗 뿌리는
태양볕의 대포질

젖줄기에 뿌리박은 곤
시퍼런 검들의 행진
사시장철 키가 우쭐거린다

2억년 세월 황금 낳아 살찌운
건의DNA
이밤도 노래물고
파랗게 살아난다

78. 석탑(1)

꿈깬 토끼
뚝뚝 떨구는 피
행운찾아 벼랑깨니
돌밑 구룡
령혼들 마중하여
천왕 찾아 기여나온다.

일백곤팔배 합장
문수전에 오공 오르니
해살이 빙그레포옹해주네.

79. 석탑(2)

자갈돌 입에 문 뱀들
줄지어 산에 오른다.
바다령혼 등에 업은
거북의 대이동
구세사 부처님
효석 쌓아 층계 만들고
꿈틀대는 숨결 빚어
백공팔배 새우주 세운다.

80. 뇌혈전

2억년전 태조가
2014년 6월19일 6시30분에 찾아왔다
화산폭발? 우뢰소리?
목이 쑥덕 잘리웠나?
내이(內耳)에서 근거리 도탄
1초, 2초, 3초
눈이 지각에 묻힌다

아니 나미 $\frac{1}{1000}$ 초

소우주가 벼랑에 부딘친다
달은 6쪼각으로 부서지고
지각은 찢겨 쪼각난 헝겊쪼각
바다는 옥이 묻혀있는 구름땅 향해
폭포되여 오른다

태양은 산산히 부서져
화석에 덮히여 빛을 잃고
120은 맹인이 되였다

650-3820 핸들을 잡는다

1000- 2000-e

경락청소공들이 땀방울 흘린다.

제2편

인
(仁)

1. 건(乾)*

무해(戊亥)년 9,10월사이 가을날
사자가 백조날개 달고 구름우에 올랐다
우주의 군자 구름 밟고 달을 땄다,
태양 따러 방향을 돌린다
태양을 노려보며
≪너는 닭알만 해도
나는 구름 밟고 우뚝 솟은
우주의 군자야≫

검정말이 코끼리 코를 잘라
양기를 연장한다

군경들이 경신(庚申)도끼로 태양을 쪼갠다
해빛날개가 잘리운다

동그란 배속 대장이
줄줄 흘러나온다 입으로

덥다고 게걸스레 먹었던
우박들도 구울러 떨어진다

시청서울에서 정부명인 관원이

포고를 내린다 우주에
≪금(金)년월일시에
주옥으로 빚은 새 태양이 탄생했다≫

매운맛 풍기는 우주감옥(衙门)에서
두령이 아버지와 함께 문을 지킨다
새태양의 탄생 반대하는 자들 골을 베
서북하늘 고공에 달아맨다
별들은 고소한 한끼니에 배자랑한다
검정말의 뼈, 근(筋)은 대령에 즉시 나선다,
신유(辛酉)는 모든 돌들을 금으로 벼르고,
금옥(金玉)으로 산을 쌓았다
새
　새
　　새
　　　태양은 만들면 만들수록 더 크고
　　　　만들면 만들수록 해빛은 대들보된다.
(건: 卦型 ≡ 하늘을 의미함)

2. 곤(坤)*

황토, 흑토의 단맛향기
서남전야 향촌촌민들이
비위를 꽁꽁 묶어 놓았다

아낙네들은
불쑥한 큰 배 만지며
이제 곧 출산할
무(戊), 기(己), 진(辰), 축(丑), 미(未) 형제들을 위해
살랑살랑 태교노래 부른다

황소, 흑소떼들
안개 타고 구름우에 올라
구수한 구름고기 잘라오고
구름우유 짜온다.
(곤: 卦型== 녀성을 의미)

3. 간(艮)*

동북범 한마리
꿀 한통 등에 지고
묘지옆을 지나네

잠자던 개
단맛향기에
혀가 57개 뽑혀 나오고

10손으로
황토 파헤치며
겨울, 봄 준비하던 쥐

개혀 타고 단맛 찾아
가고 가고
개이빨에 찢겨 너덜너덜.

4. 리(离)1*

5월 남녘하늘 태양은
붉디붉은 불을 토하고
지구는 큰 눈으로 불을 삼키네

하늘에 치솟은 열기는
무지개를 빚었고
귀, 별, 라(龟、鳖、螺)들은
발돋음하며 구경하고

아름다운 중년녀시인, 화가들
붓끝입맛 쓰겁긴 해도
놀림만은 번쩍번쩍 신나네.

5. 리(离)2*

5월밤녁 하늘은 불바다로 되였다
지각층은 언녕 갈라터져 보드라운 살결 자랑한다
드러난 용암층은 용광로 되여 지구를 녹이고
중년녀인 상승하는 불꽃 감아 네온등, 아침노을 만들어
눈병앓이하는 사람들에게 밝은 눈의식을한다

화가 붓대에서는 심장이 툭툭
쓴맛을 뱉아내여
하늘 높이 날아가는 백마를 그리고 있다

거북, 자라, 전갈들이
가끔가끔 목을 뽑아 들고 지구온도를 재인다
32.7도다
잽싸게 목을 움추린다
철갑집 에어콘은 작동을 멈출줄 모르기에 더위를 모른다.
(리: 卦型 ☲ 분리됨을 의미)

6. 태(兌)

립추가 되자
서쪽하늘 소택지가
무당들의 가위질에 잘리워 쪼각난다

올챙이들이
구름우로 물을 퍼올린다
담배연기 타고
날개를 달았다

속도는 칼날을 벼린다
체온은 얼음을 토한다
푸른 빛 독소들을 쏟아버리느라고

혀들이 토박토박 잘리운다
발의 아픔소리는
줄 끊어진 가야금소리

시큼하고 매운 맛에
페가 아우성 치고 산이 뜀질한다
금은 눈물에 녹아
흙탕물로 집을 쌓는다.

7. 진(震)1

청록색 투명한 하늘
룡들이 재롱 피웁니다
우뢰가 우주를희롱합니다

동녘삼림에서 참대숲 타고
뱀들도 장기 피우려
해빛타고 하늘로 오릅니다

칼탕된 뱀의 간에서는
시큼한 향기 코를 녹이고
토막난 별들이 우시시내립니다

경찰과 군인들 노호하고
방송원장남은 분노하며 소리칩니다
"진동을 멈춰라"

3월 봄 묘년월일(卯、年、月、日)
극향(劇响)은 양기타고 천공으로 상승하고
나무는 더욱 무성하게...

8. 진(震) 2

3월의 룡왕이
날개로 해를 막고
우뢰가 우주의 귀쌈을 침니다

동녁의 참대숲은
궁둥이를 얻어 맞아 눈알이 빠지고
눈물은 노란 폭우되여 쏟아집니다

장남이 방송합니다
<<지구가 진동하니
경찰과 군인들의 발을 동여매라>>

재목나무 타고 앉아
별과 대화하던 룡을
벼락은 담낭을 뽑아내여
구름우에다 심습니다

9. 손(巽)1

바람이 춤추며
머리 터져 붉은 피 흘리면서도
깊고 깊은 자궁길 찾아 노래합니다

새하얀 갑문 뚫고 몸 싸움하며
어둠속에서 위장길 찾아
나팔꽃역에 이른 장녀
목향나무의 시큼한 향기 한곡 부르고

벼랑협곡에서 죽대는
358호 바오라기로 바위에 묶이여 35년
바오라기는 끊어지고
무성한 죽림은 산봉오리로

10. 손(巽) 2

뻥 뚫린 대나무 구멍에서
꿩들이 날개를 축 드리우고 나옵니다

기린의 줄기세포를 의식받은 개미들
서산에서 떨어지는 달을 받아 뭅니다

폭포는 바람의 날개 붙잡고
허벅다리에 붉은 심장 새겨 줍니다

기다리던 강아지 뒤꽁무니에서는
새빨간 장미꽃이 피여나고

시간밥이 키워준 돌고래
358호 그물을 찢어버립니다

담낭 잃은 초목들은 불에 타면서도
목향나무의 시큼한 향기에 춤을 춥니다

*손:卦型 ☴ 바람을 의미

11. 손(巽)3

바람이 비 몽둥이에 맞아 붉은 피 흘리며
깊고깊은 동굴속을 들어갑니다

새하얀 갑문 열고 위장길 걷는
장녀의 두손에서는 강물이 흐릅니다

동남과일 동산에서
목향나무 향기곡에 맞추어
번대머리 중은 노래 부릅니다
파아란 안개 중절모로 번대머리 숨기고

아릿다운 녀인(秀女)은
닭의 대퇴골 뽑아 척추를 맞추고
궁둥에는 공작새 꼬리를 활짝 펴고
산신령의 비위만 건드립니다.

*손:卦型 ☴ 바람을 의미

12. 감(坎)

강호의 중년남성
얼음칼로 신장을 오려냅니다
검은 물은 줄줄 흘러 가루가 되여
산꼭대기로 파도쳐 오릅니다

달빛 타고 북으로 오르던 물고기의 귀
술잔 되여 눈서리 소복히 담습니다
도둑놈의 검은 눈동자에 꽂힌 화촉 타고
뇌수가 노래하며 흐릅니다

비, 눈, 이슬, 서리에서 붉은 장미 피고
짜갑고 시큼시큼한 향기소리는
11월의 눈동산을 스르륵 녹여 버립니다

배사공이 노를 젓습니다
배는 멀리멀리 산으로 흘러올라
산 바위우에서 곤 아가씨 찾습니다

13. 축토(丑土)*의 노래

새해를 기다리는 수정란들이
고향집 시렁에 동동 매달려
그네 뛰며 숙성을 기다립니다

축월의 기운 받은
신생아는 80세 할머니

소는 뼈를 녹이고 살을 깎아
일년풍수를 지고 돌옵니다

축월(丑月)이 소에게 주는 례물
회초리를 수놓은 옷 한벌
바삭바삭 말라버린 풀 몇단

질(陰道)이 랭동 되였고
자궁도 랭동저장고로 되였습니다
온몸이 들어갑니다
축월이 지나 200년,
다시 태여날때면 200년 젊은 소년

14. 진토(辰土)*의 노래

문전 옥탑이 옥문 열고
까만 머리부터 보입니다
마을앞 도랑물이
바람 반주에 졸졸졸
독창을을 하는 3월

청룡(甲辰), 황룡(戊辰), 백룡(庚辰), 화룡(丙辰), 흑
룡(壬辰)들이
여의주 달고 비늘 날개 펼칩니다
룡이 땅에 내리자 축토(丑土)들은 꽁무니 흔들고
엄마의 질은 먹기를 시작합니다

카멜레온은 깨여날 때마다 변신하고
별들은 유성 타고 내려 올때마다
새 재롱 피웁니다

한번 깜빡하면 아기별들이10개
두번에 20개 탄생됩니다.

*진토: 촉촉한 문전 옥탑

15. 미토(未土)

구름 얼굴이 빨갛게 홍조 짓습니다
파랗게 부글부글 끓고 있는 바람의 신장(腎臟)
줄줄 녹아 검은 물이 파도친다

참새골을 이식한 별들이 그물을 틉니다
음양물고기 키워 넉넉한 식신 장만합니다

에디슨의 쌍극전기봉 해소를 물리칩니다
진통을 멈춘 미토는 화기(火氣)가 이글이글합니다

염소가 새까만 마른 콩알 배설합니다
추워하는 쥐, 소가 주어 먹고 살점들이 타버립니다

구운 쥐고기찜, 소고기찜
구수한 냄새 안개들의 만찬회가 되였습니다

(注: 未土는 地支에서 메마른 고원, 열토라고 부름)

16. 술토(戌土)

진토(辰土)는 씨앗을 심어 결실을 거두고
아라비아사막으로 변해갑니다

9월의 사막은 100층 빌딩 삼키고
태평양을 불사릅니다
토해버린 회색빛재는 광풍에 날려 해를 삼킵니다

지구는 어둠의 심연에서
우주의 바위들과 부딛치고
상처에서는 온역들이 둑실둑실

일생이 화려함어데가고
말로에로 향하는 추억의 영혼들
맥없이 절벽끝에 이르렀습니다

술시(戌時)가 되자 개가 엄무를 시작합니다
일생의 회억들을 지워줍니다
상처를 치료합니다……

인생말로에 이른 나그네 두손펴고
련이여 두팔을 쭉 벌립니다
재빛 술토(戌土) 되여 천천히 사라집니다.

17. 8괘의 맛

붉은 금의 머리
매운맛에
좌우로 살랑살랑 저으며

흙은 달콤한 항아리배에
고기들을 꽁꽁 밀어 넣습니다

푸른 나무의 새콤한 발에서는
우뢰소리가 요란하고

록색옥벽 무릎은 시큼한 바람에 날려
어디로 가는걸가?

검은 물로 곤을 동강내는 귀
너무도 짜거워

18. 8괘의 노래자랑

땡땡땡
건이 금속망치를 휘둘러
바다문을 사르륵 엽니다
구정음악의 보물고에서
음률들이 줄지어 나와 수평선을 긋고
지구와 바다의 끝없는 경계선
작별의 울음소리
밤낮없이 처량하다

탕탕탕
곤의 만기된 배에서
태아의 발구르는 소리에
양수가 터진다
쏟아져 나오는 태아들
앞치마를 펼쳐라고
응아 소리 높다

둥둥둥
먹장 구름 우에서
진의 신복인 룡이
산과들에 비(雨)매장 펼치고
개업을 선포한다는
북 소리 높습니다

매매매
양떼들이 아침안개 타고
먹을 것 찾아 울고 울어도
태는 더 멀리 달아 납니다

졸졸졸
깊은 바위틈에서 샘물이 흐릅니다
미꾸라지 앞장 다투어 떼지어 나오고
서로 비비며 몸타며
바람은 무지개 타고 내립니다

돌돌돌
산에서 돌들이 태질합니다
애완경의 미끌엄질에
놀란 사자소리 높습니다.

쏴쏴쏴
바람이 구름을 부수는 손의 소리
닭이 궁둥이를 흔드는소리
대포소리보다 더 높습니다

툭툭툭
하늘 중간층이 움직이니다
리가 건의 배를 가르니
그속에서 불길이 일어나고
봉황이 날아 나옵니다

19. 효¹⁾의 유희

고속렬차가 빛과 경색하며 달린다.
엄마의 태낭침상싣고.
흘러나오는 심장의 경음악소리.
풍겨나오는 비장문을 여는 백화꽃들의 향기

효들의 움직임이 시작된다

어둑컴컴한 호수는 몽고사막
생명수가 쏟아진다.
목단꽃 등잔불 심지를 높히고
꽃사슴뿌리들이 지피는 화토불

어두움 삼키고 만량금을 염색한다.

암흑의 려행길
창문이 활짝 열린다.
새죽림이 구름뚫는 소리에 고요음률 나래펴고
복숭아즙 마시던 별들이 줄달음친다.

하늘에서 또 하나의 은하수가 손짓한다.

---

1) 효란주역에서의爻를말함

20. 손가락 별곡

엄지는 나무여서 큰형
식지는 불이여서 둘째형
중지는 금이여서 셋째형
무명지는 물이여서 넷째형
소지는 땅이여서 막둥이

통통한 묘목이 사막에 뿌리를 내린다
해빛이 쉬여가고
안개는 소나무에 걸려날지 못하고
새끼 노루 구름우에 뿌리 걸고 고롱고롱

멋진 식지는 모험을 떠난다
화염이 휩쓴 우주를 빙글빙글 돌고
화성에 화력발전소 세우고
태양과 손을 잡고 원자능 연구를 시작한다

거인 중금이 보석 자랑한창이다
밭고랑 파던 연장이 코웃음 치고
별이 빌딩 철근 타고 내리며 눈을 흘긴다

소금 매돌질에 장알 박힌 무수
물을 퍼 넣어 4대양 만들고

입에서는 불길이 활활 뿜겨나와도
바위틈물이나 홀짝홀짝 핥는 신세

새하얀 파도 비늘은 페포로 줄달음 치고
황금색 파도향기는 비장을 호미질
종색 파도의 음률은
심장펌프를 작동한다
록색 파도의 비명은 담즙을 토한다

동공이 늘어나고
오형제 떠난다
계속 새 우주세계 위해
분렬이 끝없구나
8
64
4096
......

仁(인)情(정)

초판인쇄 2019년 08월 08일
초판발행 2019년 08월 08일

지은이 방산옥
펴낸이 채종준
펴낸곳 한국학술정보㈜
주소 경기도 파주시 회동길 230(문발동)
전화 031) 908-3181(대표)
팩스 031) 908-3189
홈페이지 http://ebook.kstudy.com
전자우편 출판사업부 publish@kstudy.com
등록 제일산-115호(2000. 6. 19)

ISBN 978-89-268-9558-0 13810